LET'S SALSA
BAILEMOS SALSA

By / Por
Lupe Ruiz-Flores

Illustrations by / Ilustraciones de
Robert Casilla

Spanish translation by / Traducción al español de
Natalia Rosales-Yeomans

PIÑATA BOOKS

Piñata Books
Arte Público Press
Houston, Texas

Publication of *Let's Salsa* is funded by grants from the Clayton Foundation, the Houston Arts Alliance, the W.K. Kellogg Foundation, the Simmons Foundation and the Texas Commission on the Arts. We are grateful for their support.

Esta edición de *Bailemos salsa* ha sido subvencionada por Clayton Foundation, Houston Arts Alliance, W.K. Kellogg Foundation, Simmons Foundation y Texas Commission on the Arts. Les agradecemos su apoyo.

Piñata Books are full of surprises!
¡Piñata Books están llenos de sorpresas!

Piñata Books
An Imprint of Arte Público Press
University of Houston
4902 Gulf Fwy, Bldg 19, Rm 100
Houston, Texas 77204-2004

Cover design by / Diseño de la portada por Bryan Dechter

Ruiz-Flores, Lupe.
    Let's Salsa = Bailemos salsa / by Lupe Ruiz-Flores; illustrations by/ilustraciones de Robert Casilla; Spanish translation by Natalia Rosales-Yeomans.
        p.   cm.
    In English and Spanish.
    ISBN 978-1-55885-762-9 (alk. paper)
    1. Salsa (Dance)—Juvenile fiction. 2. Petition, Right of—Juvenile fiction. 3. Communities—Juvenile fiction. [1. Salsa (Dance)—Fiction. 2. Social action—Fiction. 3. Community life—Fiction. 4. Spanish language materials—Bilingual.] I. Casilla, Robert, ill. II. Rosales-Yeomans, Natalia. III. Title. IV. Title: Bailemos salsa. V. Title: Let's salsa.
    PZ73.R828 2013
    [Fic]—dc23

                                                                                                        2012038639
                                                                                                        CIP

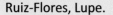 The paper used in this publication meets the requirements of the American National Standard for Permanence of Paper for Printed Library Materials Z39.48-1984.

Text Copyright © 2013 by Lupe Ruiz-Flores
Bailemos salsa © 2013 by Natalia Rosales-Yeomans
Illustrations Copyright © 2013 by Robert Casilla

Printed in China by Creative Printing USA Inc.
May 2013–August 2013
12 11 10 9 8 7 6 5 4 3 2 1

To my daughter, Carolyn Dee,
who inspired this story.
—LRF

To my niece Alyssa for being a
great model for this book.
—RC

Para mi hija, Carolyn Dee, quien es
la inspiración de esta historia.
—LRF

Para mi sobrina Alyssa por ser una
excelente modelo para este libro.
—RC

Estela heard music coming from one of the rooms in the community recreation center where she attended the after-school program. It was lively music that made you want to dance. She saw a sign on the door: **Exercise Dance Class**. She peeked through the little window on the door and couldn't stop giggling. Doña Rosa, Doña María and several neighbors were shaking their hips to the fast rhythm. They were sweating and puffing but had wide smiles on their faces.

Estela oyó música que salía de uno de los salones del centro comunitario de recreación al que asistía después de la escuela. Era una música muy animada con la que te dan ganas de ponerte a bailar. Vio el anuncio en la puerta: **Clase de ejercicios con baile**. Miró por la ventanita de la puerta y se le escapó una risita. Doña Rosa, Doña María y otras señoras del barrio estaban meneando las caderas al ritmo rápido de la música. Aunque sudaban y resoplaban, tenían una gran sonrisa en sus caras.

That night, Estela watched TV with her family. "Mami, guess who I saw today exercising at the rec center?"

"Who, *m'ija*?"

"Doña Rosa and Doña María."

"Our neighbors? Really?"

Estela nodded. "They exercised by dancing. It's pretty funny."

"They must have a lot of energy to do that," Mami said. "Not me. I'm too exhausted at the end of the day."

Mami was *always* tired. She usually fell asleep on the couch in front of the TV.

Esa noche, Estela veía la tele con su familia. —Mami, ¿adivina a quiénes vi hoy haciendo ejercicio en el centro recreativo?

—¿A quiénes, m'ija?

—A Doña Rosa y a Doña María.

—¿Las vecinas? ¿En serio?

Estela asintió. —Hacían ejercicio bailando. Era tan chistoso.

—Deben tener mucha energía para hacer eso —dijo Mami—. Yo no. Estoy cansadísima al final del día.

Mami *siempre* estaba cansada. De hecho, solía quedarse dormida en el sofá frente al televisor.

Weeks went by. Every afternoon Estela saw the same group of women doing the dance exercises at the recreation center. One day she noticed that Doña María and Doña Rosa looked a lot thinner. Was that possible?

That night, Estela watched as Mami sorted the clothes in her closet. "Some of these are too tight now," her mother said, sighing.

Pasaron las semanas. Cada tarde Estela veía al mismo grupo de señoras haciendo ejercicio bailando en el centro de recreación. Uno de esos días se dio cuenta que Doña María y Doña Rosa se veían más delgadas. ¿Sería eso posible?

Esa noche, Estela veía a Mami ordenar su clóset. —Alguna de esta ropa ya me queda apretada —dijo su madre, suspirando.

"I should start walking or something," Mami said. "Maybe I'll feel better."

"Why don't you join Doña María and Doña Rosa at those dancing classes?"

"I don't think so," Mami replied, putting some clothes in a box for Goodwill. "I'd have to adjust my work schedule."

"They look like they have fun," Estela said, sitting on the edge of her mother's bed, "and they both look skinnier now."

"They do?"

—Debería comenzar a caminar o a hacer algo —dijo Mami—. Quizá con eso me sienta mejor.

—¿Por qué no vas con Doña María y Doña Rosa a esas clases de baile?

—No creo —contestó Mami, poniendo una ropa en una caja para Goodwill—. Tendría que ajustar mi horario de trabajo.

—Parece que se divierten —dijo Estela, sentada en el borde de la cama de su mamá— y las dos se ven más delgadas.

—¿De veras?

A few days later, Mami joined the classes. "It *is* fun," she told Estela. "I also enjoy the nutrition classes afterwards."

Now that Mami was in the dance class, Estela went along too. Sitting on the floor with her back against the wall, she enjoyed the rhythm of the music and chuckled when Ms. Gómez, the instructor, kept pushing the women to "work it out, work it out, burn those calories!"

Unos días después, Mami entró a la clase. —*Es* divertido —le dijo a Estela—. También me gusta la clase de nutrición que dan después.

Ahora que Mami estaba en la clase de salsa, Estela también iba. Se sentaba en el piso con la espalda contra la pared, disfrutando del ritmo de la música y riéndose cuando Señora Gómez, la instructora, animaba a las mujeres con un "¡Muévanse, muévanse, quemen esas calorías!"

One day, dressed in her usual, black tights and pink sweatband, Ms. Gómez walked over to where Estela sat watching. "You really like our salsa dancing, don't you, dear? Why don't you join us?"

Estela's eyes got wide. "*Salsa?* That's what it's called? I thought salsa was to eat with chips."

Ms. Gómez laughed, "Salsa's not just for eating. It's for dancing, too."

Mami smiled. "Come on, Estela!"

Un día, vestida con sus usuales mallas negras y su cinta rosa, Señora Gómez caminó hacia donde Estela estaba sentada mirando. —Disfrutas mucho nuestra clase de salsa, ¿verdad, linda? ¿Por qué no bailas con nosotras?

Los ojos de Estela se agrandaron. —¿*Salsa?* ¿Así se llama? Pensé que la salsa era sólo para comer con tortillitas fritas.

Señora Gómez se rio. —La salsa no es sólo para comer. También es para bailar.

Mami sonrió. —¡Ándale, ven, Estela!

It didn't seem like exercise at all as Estela copied the dance steps. Even though she dripped with sweat and her damp hair got even curlier, she looked forward to the class every afternoon. But one day, a big sign on the door stopped her in her tracks.

NO CHILDREN IN THE SALSA CLASS!

No parecía ser ejercicio cuando Estela aprendía los pasos de baile. Aunque le goteara la traspiración y su cabello húmedo se rizara aún más, ella esperaba con gusto la clase cada tarde. Pero un día, un gran anuncio colgado en la puerta se interpuso en su camino.

¡NO SE PERMITEN NIÑOS EN LA CLASE DE SALSA!

**NO CHILDREN
IN THE SALSA CLASS**

NO SE PERMITEN NIÑOS EN LA CLASE DE SALSA

Estela was confused. "Why not?"

Mami came over and hugged her. "I'm sorry, *m'ija*. Those are the rules."

"But why?"

"The director of the center told Ms. Gómez that these classes are strictly for adults."

"That's not fair!" Estela went grudgingly to the other room where craft classes were held. This is boring, she thought. She could still hear the music coming from the other side of the building. "Not fair." Estela wished there was something she could do.

Estela estaba confundida. —¿Por qué no?

Mami vino y la abrazó. —Lo siento, m'ija. Ésas son las reglas.

—Pero, ¿por qué?

—El director del centro le dijo a Señora Gómez que estas clases son estrictamente para adultos.

—¡No es justo! —Estela se fue de mala gana al salón donde se daba la clase de manualidades. Esto es aburrido, pensó. Aún podía escuchar la música que venía del otro lado del edificio—. No es justo. —Deseaba que hubiera algo que pudiera hacer.

The following week, Estela's class was studying history. Mrs. González talked about how in earlier times, women couldn't vote. "They petitioned for that right," she said.

"What's a petition?" Estela asked.

"It's when a lot of people sign a piece of paper to change how things are done. Signing means they agree with you," Mrs. González answered.

La siguiente semana, la clase de Estela estudiaba historia. Señora González habló de cómo en el pasado las mujeres no podían votar. —Ellas elevaron una petición por ese derecho —dijo.

—¿Qué es una petición? —preguntó Estela.

—Es cuando mucha gente firma un documento para cambiar cómo se hacen las cosas. Las firmas significan que ellos están de acuerdo contigo —respondió Señora González.

Estela got excited. A petition! That's it! With her parents' support, Estela set up a table in front of the supermarket with posters explaining her cause. She spoke to her classmates and teachers and got them to sign.

Within a few weeks, Estela had a petition with hundreds of signatures. Not only had most of her friends in school signed it, but also a lot of grownups who thought it was a good idea for the recreation center to get a salsa instructor for kids.

With her parents by her side, Estela took the petition to the mayor and got his full support.

"An after-school program for the young people, especially an exercise program that is fun and healthy, is good for the community," the mayor said.

Estela se emocionó. ¡Una petición! ¡Eso era! Con el apoyo de sus padres, Estela puso una mesa con carteles explicando su causa enfrente del supermercado. Habló con su maestra y sus compañeros y logró que la firmaran.

En pocas semanas, Estela tenía una petición con cientos de firmas. No solamente la mayoría de sus amigos de la escuela habían firmado, sino también muchos adultos quienes pensaban que era una buena idea que el centro recreativo tuviera un instructor de salsa para niños.

Acompañada de sus padres, Estela llevó la petición al alcalde y obtuvo su total apoyo.

—Un programa para los niños después de la escuela, especialmente un programa de ejercicios que sea divertido y saludable es bueno para la comunidad —dijo el alcalde.

A few months later, the mayor and people from the community attended the opening of a salsa class for kids. That night, a smiling Estela came out on the evening news receiving an award from the mayor for her community service.

Unos meses después, el alcalde y gente de la comunidad asistieron a la inauguración de una clase de salsa para niños. Esa noche, Estela, sonriendo, salió en las noticias de la tarde recibiendo un premio que le dio el alcalde por su servicio a la comunidad.

The next day, Estela was surprised to see her name on the giant marquee in front of her school. *Congratulations Estela Juárez!* When she walked into the school, she saw a big banner with the words, "Hooray for Estela." The principal, Ms. Rodríguez, and Estela's schoolmates crowded the hallway and cheered wildly. Ms. Rodríguez pinned on Estela's blouse a blue shiny ribbon with the words: "#1 Student." Estela blushed. She was glad she had made so many people happy.

A la mañana siguiente, Estela se sorprendió al ver su nombre en una marquesina gigante enfrente de la escuela. *¡Felicidades Estela Juárez!* Cuando entró a la escuela, vio una gran pancarta que decía "¡Hurra para Estela!" La directora, Señora Rodríguez, y los compañeros de Estela atestaron los pasillos y la felicitaban. Señora Rodríguez le prendió en la blusa un listón azul brillante que decía "Estudiante #1". Estela se ruborizó. Estaba contenta porque había hecho feliz a mucha gente.

The exercise class for children filled up quickly. Estela and her friends had fun exercising and dancing salsa.

La clase de ejercicio para niños se llenó rápidamente. Estela y sus amigos la pasaron muy bien haciendo ejercicios y bailando salsa.

Estela's mother, who had stuck to her salsa exercises, looked trim and healthy. Lately, she had lots of energy. So did Estela, whose jeans now fit just right.

Mother and daughter were happy to share their love of exercise.

La mamá de Estela, que había continuado con las clases de salsa, lucía esbelta y saludable. Últimamente tenía mucha energía. También Estela, a quien los jeans le quedaban ahora perfectamente.

Mamá e hija estaban felices de compartir su amor por el ejercicio.

Lupe Ruiz-Flores is the author of several bilingual picture books, including *Lupita's First Dance / El primer baile de Lupita* (Piñata Books, 2013), *Alicia's Fruity Drinks / Las aguas frescas de Alicia* (Piñata Books, 2012), *The Battle of the Snow Cones / La guerra de las raspas* (Piñata Books, 2010), *The Woodcutter's Gift / El regalo del leñador* (Piñata Books, 2007) and *Lupita's Papalote / El papalote de Lupita* (Piñata Books, 2002). She is a member of the Society of Children's Book Writers & Illustrators and The Writers' League of Texas. She resides in Southwest Texas and has also lived in Thailand and Japan. To learn more about the author, visit her website at *www.luperuiz-flores.com*.

Lupe Ruiz-Flores es autora de varios libros infantiles bilingües, incluyendo *Lupita's First Dance / El primer baile de Lupita* (Piñata Books, 2013), *Alicia's Fruity Drinks / Las aguas frescas de Alicia* (Piñata Books, 2012), *The Battle of the Snow Cones / La guerra de las raspas* (Piñata Books, 2010), *The Woodcutter's Gift / El regalo del leñador* (Piñata Books, 2007) y *Lupita's Papalote / El papalote de Lupita* (Piñata Books, 2002). Es miembro del Society of Children's Book Writers & Illustrators y The Writers' League of Texas. Vive en el suroeste de Texas y también ha vivido en Tailandia y Japón. Para saber más sobre ella, visita *www.luperuiz-flores.com*.

Robert Casilla, born in Jersey City, New Jersey, to parents from Puerto Rico, received a Bachelor of Fine Arts degree from the School of Visual Arts in New York City. He works from his home studio in New Fairfield, Connecticut, where he lives with his wife and two children. Robert has illustrated many multicultural children's books such as *First Day in Grapes* (Pura Belpré Honor Award), *The Little Painter of Sabana Grande, Jalapeño Bagels, The Legend of Mexicatl* and *The Lunch Thief*. He has also illustrated a number of biographies, including ones about Dolores Huerta; Martin Luther King, Jr.; John F. Kennedy; Eleanor Roosevelt; Rosa Parks; Jackie Robinson; Jesse Owens; and Simón Bolívar. For more about Robert, visit *www.robertcasilla.com*.

Robert Casilla nació en Jersey City, New Jersey, y es hijo de padres puertorriqueños. Se recibió con un título en arte del School of Visual Arts en Nueva York. Trabaja en su estudio en New Fairfield, Connecticut, donde vive con su esposa y dos hijos. Robert ha ilustrado muchos libros infantiles sobre temas multiculturales como *First Day in Grapes* (ganador del premio Pura Belpré), *The Little Painter of Sabana Grande, Jalapeño Bagels, The Legend of Mexicatl* y *The Lunch Thief*. También ha ilustrado varias biografías, entre ellas las de Dolores Huerta; Martin Luther King, Jr.; John F. Kennedy; Eleanor Roosevelt; Rosa Parks; Jackie Robinson; Jesse Owens y Simón Bolívar. Para más información sobre Robert, visita *www.robertcasilla.com*.